AF602824

9 Mai 1910

Marque PN

SUCCESSION

DE

Madame la Comtesse André MNISZECH

Tableaux Anciens

OBJETS D'ART

ET D'AMEUBLEMENT

SUCCESSION

DE

MADAME LA COMTESSE ANDRÉ MNISZECH

CATALOGUE

DES

Tableaux Anciens

PORTRAITS DU XVIIIe SIÈCLE

PASTELS

Objets d'Art et d'Ameublement

ANCIENNES PORCELAINES DE CHINE

BOITES — MINIATURES — ORFÈVRERIE

BUSTE EN TERRE CUITE

Instruments de musique, Dentelles

PENDULES, BRONZES, MEUBLES

Dont la Vente, par suite du décès de Madame la Comtesse André MNISZECH

AURA LIEU A PARIS

HOTEL DROUOT, SALLES Nos 9, 10 & 11

Les Lundi 9 et Mardi 10 Mai 1910

à deux heures

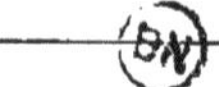

COMMISSAIRE-PRISEUR

Me HENRI BAUDOIN, *Successeur de M. PAUL CHEVALIER*

10, rue de la Grange-Batelière

EXPERTS

Pour les Tableaux :	*Pour les Objets d'art :*
M. JULES FÉRAL	**MM. MANNHEIM**
7, rue Saint-Georges	7, rue Saint-Georges

EXPOSITIONS

PARTICULIÈRE : *Le Samedi 7 Mai 1910, de 2 h. à 6 heures.*

PUBLIQUE : *Le Dimanche 8 Mai 1910, de 2 h. à 6 heures.*

Entrée par la rue Grange-Batelière

CONDITIONS DE LA VENTE

Elle sera faite au comptant.

Les adjudicataires paieront *dix pour cent* en sus des enchères.

ORDRE DES VACATIONS

Le Lundi 9 Mai 1910

Objets d'art et d'ameublement. . . 115 à 219

Le Mardi 10 Mai 1910

Tableaux. . . . . 1 à 114

Paris. — Imp. de l'Art, Ch. Berger, 41, rue de la Victoire

DÉSIGNATION

PASTELS

MARTEAU (Louis)

Paris, ?-1805

1 — *Portrait de Mme Geoffrin.*

1700 Pastel gravé par MIGER.

Ct Bratniki Haut., 46 cent.; larg., 37 cent.

MARTEAU (Louis)

2 — *Portrait de la Comtesse François Potocka.*

2100 Pastel.

Ct Potoki Haut., 56 cent.; larg., 42 cent.

MARTEAU (Louis)

3 — *Portrait de la Comtesse Pélagie Potocka.*

1.100 Pastel.

Haut., 56 cent.; larg., 40 cent.

MARTEAU (Louis)

4 — *Portrait d'Aniéla Lodochowska.*

700 Pastel.

Ct Potoki Haut., 54 cent.; larg., 40 cent.

MARTEAU (Louis)

5 — *Portrait de Sophie Potocka.*

Pastel de forme ovale.

Haut., 60 cent.; larg., 48 cent.

MARTEAU (Louis)

6 — *La Jeune Fille au chapeau de paille.*

Pastel.

Haut., 41 cent.; larg., 32 cent.

MARTEAU (Louis)

7 — *Portrait de la Comtesse Ursule Mniszech, née Zamoyska.*

Pastel.

Haut., 40 cent.; larg., 30 cent.

TABLEAUX ANCIENS

BACCIARELLI (Marcel)

Rome, 1731-1818

8 — *Portrait de Stanislas-Auguste Poniatowski.*

Toile. Haut., 1 m. 58 cent; larg., 1 m. 20 cent.

BACCIARELLI (Marcel)

9 — *Portrait de la Comtesse Georges Mniszech, née Zamoyska.*

Toile cintrée dans la partie supérieure.
Haut., 2 m. 60 cent.; larg., 1 m. 72 cent.

BACCIARELLI (Marcel)

10 — *Portrait du Cardinal Poniatowski.*

Toile cintrée dans la partie supérieure.
Haut., 2 m. 60 cent.; larg., 1 m. 72 cent.

BACCIARELLI (Marcel)

11 — *Portrait de Stanislas-Auguste, Roi de Pologne.*

Toile. Haut., 1 m. 12 cent.; larg., 85 cent.

BACCIARELLI (Marcel)

12 — *Portrait du Comte Jean-Charles Mniszech, Grand Veneur de la Couronne, Grand Chambellan de Lithuanie.*

Toile. Haut., 76 cent.; larg., 62 cent.

BACCIARELLI (Marcel)

13 — *Portrait d'un Seigneur Polonais.*

Toile. Haut., 75 cent.; larg., 62 cent.

BACCIARELLI (Marcel)

14 — *Portrait de la Comtesse Zamoyska, née Poniatowska, sœur du Roi.*

Toile de forme ovale.
Haut., 72 cent.; larg., 57 cent.

BACCIARELLI (Marcel)

15 — *Portrait de Joseph Poniatowski.*

Toile de forme ovale.
Haut., 65 cent.; larg., 49 cent.

BACCIARELLI (Marcel)

16 — *Portrait du Roi Stanislas-Auguste Poniatowski.*

Toile. Haut., 70 cent.; larg., 56 cent.

BACCIARELLI (Marcel)

17 — *Portrait du Roi Stanislas-Auguste Poniatowski.*

Haut., 68 cent.; larg., 52 cent.

BEAUBRUN (Charles)

Amboise, 1604-1692

18 — *Portrait de la Marquise de Sévigné.*

Toile. Haut., 72 cent.; larg., 58 cent.

BELLOTTO (Bernard)

Venise, 1720 ?-1780

19 — *L'Entrée du Grand Canal, à Venise.*

Toile. Haut., 44 cent.; larg., 68 cent.

BELLOTTO (Bernard)

20 — *Le Pont du Rialto, à Venise.*

Toile. Haut., 65 cent.; larg., 98 cent.

BELLOTTO (Bernard)

(pendant du précédent)

21 — *Vue du Grand Canal, à Venise.*

Toile. Haut., 65 cent.; larg., 98 cent.

BEYEREN (Abraham Van)

La Haye, 1620-1675

22 — *Fruits et vidrecome.*

Superbe peinture signée du monogramme.

Bois. Haut., 70 cent.; larg., 59 cent.

BEYEREN (Abraham Van)

23 — *Le Vidrecome.*

Signé à gauche du monogramme.

Toile. Haut., 62 cent.; larg., 52 cent.

BILCOQ (Marc-Antoine)

Paris, 1755-1838

24 — *La Convalescente.*

Bois. Haut., 16 cent.; larg., 22 cent.

BILCOQ (Marc-Antoine)

(pendant du précédent)

25 — *La Blanchisseuse.*

Bois. Haut., 16 cent.; larg., 22 cent.

BOILLY (Louis-Léopold)

La Bassée, 1761-1845.

26 — *Le Parc de Saint-Cloud.*

Toile. Haut., 65 cent.; larg., 88 cent.

BOTH (Jean)

Utrecht, 1610-1650?

27 — *Paysage d'Italie.*

Bois de forme ovale.

Haut., 45 cent.; larg., [illegible] cent.

BRAY (Jean de)

Haarlem, 16.. ?-1697

28 — *Portrait d'Homme.*

Signé à droite en toutes lettres et daté : *1650.*

Bois. Haut., 47 cent.; larg., 56 cent.

BREKELENKAM (Quiringh-Gerritz, Van)

Zwammerdam, 1620-1668

29 — *Intérieur de cuisine.*

Bois. Haut., 42 cent.; larg., 49 cent.

COQUES (Gonzalès)

Anvers, 1618-1684

30 — *Portrait d'un Officier.*

500 Bois de forme ovale.

Schnell Haut., 38 cent.; larg., 31 cent.

CROSS (Antoine, Van der)

Reenen.

31 — *Bords de rivière.*

1.550 Bois. Haut., 48 cent.; larg., 59 cent.

Goudstikker

CUYP (Benjamin)

Dordrecht, 1612-1652

32 — *Le Corps de garde.*

1300 Signé à droite au-dessus d'un ratelier d'armes.
Bois de forme ovale.

Hamburger Haut., 38 cent.; larg., 52 cent.

DANLOUX (Pierre)

Paris, 1753-1809

33 — *Portrait de la Princesse Louise-Adélaïde*
1550 *de Bourbon Condé.*

Maghiloman Toile de forme ovale.

Haut., 30 cent.; larg., 25 cent.

DUPLESSIS (Joseph-Sifrède)

Carpentras, 1725-1802

34 — *Portrait présumé de la Dugazon.*

1350 Toile. Haut., 48 cent.; larg., 38 cent.

Féral

DUPLESSIS (C. Michel)

Versailles, fin du xviiie siècle

(deux pendants)

35-36 — *Cavaliers aux bivouacs.*

Signés en toutes lettres.

Bois. Haut., 17 cent ; larg., 24 cent.

ELIAS (Nicolas)

Amsterdam, 1590-1656 ?

37 — *La Jeune Fille à l'éventail.*

Bois. Haut, 1 m. 02 cent.; larg., 73 cent.

GOYEN (Jean, Van)

Leyde, 1597-1656

38 — *Le Vivier.*

Signé du monogramme et daté : *1637*.

Bois. Haut., 15 cent. ; larg., 20 cent.

GRASSI (Joseph)

Udine, 1758-1838

39 — *Portrait de la Comtesse Getner, née Lubomirska.*

Toile. Haut., 66 cent.; larg., 53 cent.

GRASSI (Joseph)

40 — *Portrait de Mme Grabowska.*

Toile. Haut., 24 cent.; larg., 18 cent.

GELDORP (Gualdorp Gortzius, dit)

Louvain, 1553-1618

41 — *La Fillette à l'œillet.*

Signé du monogramme et daté : *1608.*

Bois. Haut., 53 cent.; larg., 39 cent.

GELDORP (Gualdorp Gortzius, dit)

42 — *Portrait d'Homme.*

On lit sur le fond, à droite : *Ætatis 40, anno 1602.*

Bois. Haut., 50 cent.; larg. 40 cent.

HALS (Dirck)

Haarlem ?-1656

43 — *Les Cinq Sens.*

Signé à gauche : *D. Hals, anno 1624.*
Gravé par Kittensteyn.

Bois. Haut., 34 cent.; larg., 45 cent.

HACKAERT (Jean)

Amsterdam, 1629-1699 ?

44 — *La Promenade en forêt.*

Bois. Haut., 50 cent.; larg., 63 cent.

HEEM (Cornélis de)

Leyde, 1631-1695

45 — *Fruits sur une table de pierre.*

Toile. Haut., 48 cent.; larg., 62 cent.

HULSDONCK (JEAN, VAN)

(École hollandaise, XVIIIe siècle)

46 — *Une Table d'office.*

Signé à gauche.

Bois. Haut., 45 cent.; larg., 68 cent.

HULSDONCK (JEAN, VAN)

47 — *Nature morte.*

Bois. Haut., 49 cent.; larg., 65 cent.

KESSEL (JEAN, VAN)

Amsterdam, 1641-1680

48 — *Étude de poissons.*

Peinture sur fond gris.

Bois. Haut., 15 cent.; larg., 20 cent.

KESSEL (JEAN, VAN)

(DEUX PENDANTS)

49-50 — *Études de fleurs et insectes peintes sur fond gris.*

Cuivres. Haut., 13 cent.; larg., 18 cent.

Cadres en bois sculpté.

KRAFFT (PER)

Arboga, 1724-1792

51 — *Portrait de la Maréchale Lubomirska, née Czartoryska.*

Toile de forme ovale.

Haut., 64 cent.; larg., 51 cent.

KRAFFT (Per)

52 — *Portrait de la Princesse Czartoryska.*

Toile de forme ovale.

Haut., 63 cent.; larg., 55 cent.

KRAFFT (Per)

53 — *Portrait de la Princesse Poniatowska, née Kinsky.*

Toile de forme ovale.

Haut., 65 cent.; larg., 55 cent.

KRAFFT (Per)

54 — *Portrait de la Comtesse Branicka, née Poniatowska.*

Toile de forme ovale.

Haut., 65 cent.; larg., 55 cent.

KRAFFT (Per)

55 — *Portrait du Chanoine Ignace Krasicki, Prince évêque de Warmie.*

Toile de forme ovale.

Haut., 70 cent.; larg., 57 cent.

KRAFFT (Attribué à Per)

56 — *Portrait de la Comtesse Poniatowska, mère du Roi.*

Toile de forme ovale.

Haut., 66 cent.; larg., 50 cent.

LAMPI (JEAN-BAPTISTE)

Romeno, 1752-1830

57 — *Portrait du Comte Michel-Georges Mniszech, Grand Maréchal de la Couronne.*

Signé à droite : *Lampi pinxit, anno 1790.*

Toile. Haut., 78 cent.; larg., 62 cent.

LAMPI (Attribué à JEAN-BAPTISTE)

58 — *Portrait du Comte Michel Mniszech, Grand Maréchal de la Couronne.*

Toile de forme ovale.

Haut., 72 cent.; larg., 57 cent.

LECLERC DES GOBELINS (SÉBASTIEN)

Paris, 1676-1763

(DEUX PENDANTS)

59-60 — *Pastorales.*

Bois. Haut., 23 cent.; larg., 17 cent.

LEFEBVRE (CLAUDE)

Fontainebleau, 1632-1675

61 — *Portrait présumé de Madame de Maintenon.*

Toile. Haut., 75 cent.; larg., 60 cent.

LEFEBVRE (Attribué à CLAUDE)

62 — *Portrait de la Marquise de Sévigné.*

Toile. Haut., 82 cent.; larg., 63 cent.

LELIENBERG (Cornélis)

École hollandaise, xviie siècle

63 — *La Perdrix.*

Signé à droite en toutes lettres.

Bois. Haut., 58 cent.; larg., 47 cent.

LEVITZKY

Né à Kiew

École russe, xviiie siècle

64 — *Portrait de la Comtesse Michel Mniszech, née Zamoysha.*

Signé à droite et daté : *1782*.

Toile de forme ovale.

Haut., 72 cent.; larg. 56 cent.

MAAS (Nicolas)

Dordrecht, 1632-1693

65 — *Portrait d'un Officier.*

Signé à droite et daté : *1672*.

Bois. Haut., 43 cent.; larg., 30 cent.

MIEREVELT (Michel-Jean)

Delft, 1567-1641

66 — *Portrait d'une Dame de qualité.*

Bois. Haut., 33 cent.; larg., 25 cent.

MIEREVELT (Michel-Jean)

(PENDANT DU PRÉCÉDENT)

67 — *Portrait d'un Chevalier de la Toison d'Or.*

Bois. Haut., 33 cent.; larg., 25 cent.

MOLYN (Pierre de)

Londres, 1600-1661

68 — *Environs d'une ville.*

Bois. Haut., 40 cent.; larg., 38 cent.

2000 Bourgeois

MOMPER (Josse de)

Anvers, 1559-1635

69 — *Paysage avec rochers et animaux.*

Bois. Haut., 78 cent.; larg., 1 m. 12 cent.

500 Cte Joseph Potocki

MOREELSE (Paul)

Utrecht, 1571-1638

70 — *Portrait de Jeune Femme.*

Bois. Haut., 75 cent.; larg., 59 cent.

37.800 Seligmann

MOREELSE (Paul)

(pendant du précédent)

71 — *Portrait d'un Gentilhomme.*

Bois. Haut., 75 cent.; larg., 59 cent.

26.000 Seligmann

PEETERS (Bonaventure)

Anvers, 1614-1652

72 — *Un Bateau en perdition.*

Bois. Haut., 48 cent.; larg., 63 cent.

360 Margossian

PILLEMENT (Jean)

Lyon, 1727-1808

73 — *Le Berger musicien.*

Signé à gauche.

Toile. Haut., 68 cent.; larg., 92 cent.

PILLEMENT (Jean)

74 — *Les Bergers dans la montagne.*

Signé à gauche et daté : *91.*

Toile. Haut., 48 cent.; larg., 66 cent.

PILLEMENT (Jean)

(deux pendants)

75-76 — *Bergers au bord d'une cascade.*

Signés et datés : *1790.*

Toiles. Haut., 11 cent.; larg., 16 cent.

PILLEMENT (Jean)

(deux pendants)

77-78 — *Paysages avec cours d'eau et figures.*

Cuivres. Haut., 16 cent.; larg., 21 cent.

POEL (Egbert, van der)

Delft, 1621-1664

79 — *Une Cour de ferme.*

Bois. Haut., 38 cent.; larg., 32 cent.

POURBUS (École de)

80 — *Portrait d'une Princesse.*

Bois. Haut., 1 m. 04 cent.; larg., 72 cent.

QUAST (Pierre)

La Haye, 1601 †(?)

81 — *La Tireuse de cartes.*

Signé à gauche du monogramme.

Bois. Haut., 32 cent.; larg., 28 cent.

RAVESTEIN (Jean-Antoine, Van)

La Haye, 1572 ?-1657

82 — *Portrait d'une Dame de qualité.*

On lit à droite et sur le fond : *Ætatis 20, anno 1635.*

Bois. Haut., 69 cent.; larg., 58 cent.

ROSLIN (Alexandre)

Malmoë, 1718-1793

83 — *Portrait de la Comtesse Jean-Charles Mniszeck, née Zamoyska.*

Toile. Haut., 73 cent.; larg., 59 cent.

ROTARI (Le Comte Pierre)

Vérone, 1707-1762

84 — *La Jeune Fille au manchon.*

Toile. Haut., 44 cent.; larg., 33 cent.

ROTARI (Le Comte Pierre)

(pendant du précédent)

85 — *La Jeune Fille à la fanchon.*

Toile. Haut., 44 cent., larg., 33 cent.

SANTERRE (Jean-Baptiste)

Magny, 1658-1717

86 — *Suzanne au bain.*

Signé à droite et daté.

Réplique du tableau du Louvre.

Bois. Haut., 47 cent.; larg., 34 cent.

SANTVOORT (Thierry)

Amsterdam, 1610-1680

87 — *La Jeune Fille en blanc.*

Signé en haut à gauche : *Santvoort, fc.*, et daté : *1638.*

Bois. Haut., 37 cent.; larg. 29 cent

SAVERY (Roland)

Courtray, 1576-1639

88 — *Paysage avec figures et animaux.*

Bois. Haut., 52 cent.; larg., 84 cent

SCHOTT (G.)

École hollandaise, XVIIe siècle

89 — *Bords de rivière.*

Signé à droite : *G. Schoott, 1636.*

Bois. Haut., 55 cent.; larg., 82 cent.

SNYDERS (François)

Anvers, 1579-1657.

90 — *Le Comptoir de raisin.*

Bois. Haut., 38 cent.; larg., 58 cent.

TERBURG (Attribué à GÉRARD)

91 — *Portrait d'Homme âgé.*

Cuivre de forme ovale.

Haut., 13 cent.; larg., 11 cent.

TIEPOLO (DOMINIQUE)

Venise, 1776-1795

92 — *Saint Roch.*

Toile. Haut., 38 cent.; larg., 31 cent.

TISCHBEIN (J.-F.)

Maestricht, 1750-1812

93 — *Jeune Fille tenant une corbeille.*

Signé à droite et daté : *1781.*

Toile. Haut., 62 cent.; larg., 52 cent.

TISCHBEIN (J.-F.)

(PENDANT DU PRÉCÉDENT)

94 — *Portrait de Jeune Fille.*

Toile. Haut., 62 cent.; larg., 52 cent.

TISCHBEIN (J.-F.)

95 — *Portrait de la Princesse de Courlande, née de Medem.*

Toile. Haut., 70 cent. ; larg., 54 cent.

TOCQUÉ (Louis)

Paris, 1691-1772

96 — *Portrait de Femme.*

On lit au dos de la toile une inscription ancienne : *Ce portrait est celui de Mme Bourdon, mère de Gabrielle-Marguerite Bourdon, baronne de Viomenil. Peint par Tocqué, en 1745.*

Toile. Haut., 80 cent.; larg., 65 cent.

TOCQUÉ (Louis)

97 — *Portrait d'Auguste Poniatowski.*

Signé à droite : *L. Tocqué, 1758.*

Toile. Haut., 50 cent.; larg., 42 cent.

TOURNIÈRES (Robert Le Vrac)

Ifs, 1668-1752

98 — *Portrait d'un Président au Parlement.*

Toile. Haut., 64 cent.; larg., 49 cent.

VAN LOO (Louis-Michel)

Toulon, 1707-1771

99 — *Portrait du Maréchal de Belle-Isle.*

Toile. Haut., 60 cent.; larg., 49 cent.

Cadre en bois sculpté.

VERSPRONCK (Jean-Cornélis)

Haarlem, 1597-1662

100 — *Portrait d'une Jeune Fille Hollandaise.*

Bois. Haut., 1 m. 07 cent.; larg., 81 cent.

VIGÉE-LEBRUN

(Attribué à Mme Élisabeth-Louise)

101 — *Portrait d'une Comtesse Mniszech, enfant.*

Toile. Haut., 61 cent.; larg., 50 cent.

VLIEGER (Simon-Jacob de)

Rotterdam, 1601-1653

102 — *Les Pêcheurs de moules.*

Signé à droite en toutes lettres et daté : *1636*.

Bois. Haut., 38 cent.; larg., 56 cent.

VOS (Simon de)

Anvers, 1573-1647

103 — *Un Maître ouvrier.*

Toile. Haut., 56 cent.; larg., 43 cent.

ÉCOLE ALLEMANDE (XVIIIe siècle)

104 — *Portrait présumé de Paul Ier, Empereur de Russie.*

Toile. Haut., 75 cent.; larg., 60 cent.

ÉCOLE HOLLANDAISE (XVIIIe siècle)

105 — *La Femme au livre.*

Bois. Haut., 91 cent.; larg., 62 cent.

ÉCOLE HOLLANDAISE (XVIIe siècle)

106 — *Un Musicien.*

On lit sur le fond à droite : *Ætatis suœ 22* et une date abrégée : 27.

Bois. Haut., 63 cent.; larg., 48 cent.

ÉCOLE HOLLANDAISE (XVIe siècle)

107 — *Une Famille réunie sur une terrasse.*

On lit sur les constructions deux longues inscriptions hollandaises et la date : *1599.*

Bois. Haut., 60 cent.; larg., 1 m. 62 cent.

ÉCOLE HOLLANDAISE (XVIIe siècle)

108 — *Nature morte.*

Signé du monogramme : *D. G.*

Bois. Haut., 90 cent.; larg., 1 m. 12 cent.

ÉCOLE HOLLANDAISE (XVIIe siècle)

109 — *Une Famille hollandaise.*

Bois. Haut., 1 m. 04 cent.; larg., 1 m. 15 cent.

ÉCOLE FRANÇAISE (XVIIIe siècle)

110 — *Le Départ pour la promenade en bateau.*

Toile. Haut., 48 cent.; larg., 39 cent.

ÉCOLE FRANÇAISE (XVIIIe siècle)

(PENDANT DU PRÉCÉDENT)

111 — *Le Pont de bois.*

Toile. Haut., 48 cent.; larg., 39 cent.

ÉCOLE FRANÇAISE (XVIIIe siècle)

112 — *La Partie de pêche.*

Toile. Haut., 72 cent.; larg., 76 cent.

ÉCOLE FRANÇAISE (XVIIIe siècle)

113 — *Portrait d'un Chasseur.*

Toile. Haut., 70 cent.; larg., 58 cent.

ÉCOLE FRANÇAISE (XVIIIe siècle)

114 — *Vase et guirlandes.*

Toile. Haut., 64 cent.; larg., 1 m. 84 cent.

OBJETS D'ART

ET D'AMEUBLEMENT

FAIENCES, PORCELAINES

115 — Chope en ancienne faïence allemande : médaillon en bleu sur fond violacé.

116 — Chope en ancienne faïence allemande : monogramme et fleurs en bleu.

117 — Chope, décorée de branches fleuries de style japonais, en ancienne porcelaine de Saxe.

118 — Plat creux, décoré de fleurs et d'oiseaux, en ancienne porcelaine de Chine, époque Kang-Hi.

119 — Trois petites potiches avec couvercles en ancienne porcelaine de Chine, époque Kien-lung, à décor de vases de fleurs.

120 — Deux petits cornets en ancienne porcelaine de Chine, époque Kien-lung, à décor de fleurs et ustensiles.

121 — Deux flacons aspersoirs, décorés de fleurs, en ancienne porcelaine de Chine, époque King-lung.

122 — DEUX FLACONS ASPERSOIRS en ancienne porcelaine de Chine, décorés de réserves contenant des fleurs en bleu sur fond jaune.

123 — DEUX BOITES CYLINDRIQUES avec couvercles en ancienne porcelaine de Chine, à décor d'ustensiles en bleu. Montures en argent gravé.

124 — DEUX GROSSES POTICHES avec couvercles en ancienne porcelaine de Chine, à décor de larges lambrequins en bleu.

125 — GROSSE POTICHE avec couvercle en ancienne porcelaine de Chine, à décor de branches fleuries en bleu.

126 — CORNET en ancienne porcelaine de Chine, à décor de personnages et animaux en bleu.

127 — CORNET en ancienne porcelaine de Chine, décoré de paysages montagneux en bleu.

128 — GROSSE POTICHE à pans avec couvercle en ancienne porcelaine de Chine, époque Kien-lung, décorée de grands compartiments à fleurs et oiseaux, avec feuillages sur fond vermiculé à l'épaulement et au culot. Col refait.

Haut., 90 cent.

129 — GROSSE POTICHE avec un couvercle en ancienne porcelaine de Chine, époque Kien-lung, à décor de corbeilles de fleurs et ustensiles avec lambrequins à l'épaulement.

Haut., 65 cent.

130 — Deux grosses potiches avec couvercles en ancienne porcelaine de Chine, époque Kien-lung, décorées d'animaux et d'arbustes avec lambrequins à l'épaulement.

Haut., 63 cent.

131 — Grande vasque ronde en porcelaine de Chine, à décor d'oiseaux et de plantes aquatiques. Avec un pied en bois.

132 — Vase à goulot étroit en porcelaine de Chine, à décor d'oiseaux dans les nuages.

133 — Deux grosses potiches en ancienne porcelaine de la Compagnie des Indes, décor bleu : paysages montagneux.

134 — Grosse potiche avec un couvercle en ancienne porcelaine du Japon, à décor de corbeilles de fleurs et lambrequins en bleu, rouge et or.

BOITES, MINIATURES

135 — Boite ronde en écaille blonde posée or, décorée d'une miniature rectangulaire : Portrait de femme assise, vue à mi-corps, sur fond de draperie verte. Milieu du XVIIIe siècle.

136 — Boite ronde en écaille brune galonnée d'or, décorée d'une miniature : Portrait en habit violet. Époque Louis XV.

137 — BOITE en écaille brune, ornée d'un médaillon peint sur émail, signé : Portrait d'homme en habit vert, du temps de Louis XV.

138 — MINIATURE OVALE : Portrait de femme en buste, une couronne de fleurs dans les cheveux. Époque Louis XVI.

139 — MINIATURE OVALE : Portrait de femme en buste, portant un corsage décolleté, avec ruban bleu dans les cheveux. Époque Louis XVI.

140 — PETITE MINIATURE OVALE, du temps de Louis XVI : Portrait de femme en corsage crème décolleté. Cadre en or.

141 — BOITE OBLONGUE à pans coupés en or de couleur gravé et ciselé, à feuillages. Époque Louis XVI.

142 — ÉTUI PRISMATIQUE en or de couleur gravé et ciselé, à feuillages. Époque Louis XVI.

143 — BOITE RECTANGULAIRE, ornée de miniatures : Vues de châteaux, montées à cage en or ciselé ; au revers du couvercle : Portrait d'un souverain. Sur la gorge de la boîte, la marque : *Ducrollay, place Dauphine, à Paris*. XVIIIe siècle.

144 — BOITE RECTANGULAIRE en ivoire, présentant sur le couvercle un petit bas-relief en

or ciselé du XVIIIe siècle, à sujet allégorique, signé : *Ph. Métayer* et daté.

145 — MÉDAILLON OVALE peint sur émail : Portrait présumé de Glück.

146 — PETITE MONTRE en or de couleur, décorée sur la cuvette d'une peinture sur émail.

147 — MONTRE en or émaillé à sujet galant ; lunette enrichie de demi-perles. Fin du XVIIIe siècle.

148 — CHATELAINE en or de couleur ciselé, avec breloques et montre de forme ovoïde en or émaillé. Fin du XVIIIe siècle.

149 — BOITE RONDE en écaille blonde posée or, décorée d'un buste, de profil, en ivoire, de personnage portant la perruque, avec la signature : *Fait par Marquino*. Fin du XVIIIe siècle.

150 — GRANDE MINIATURE OVALE : Portrait de la comtesse M..., née comtesse Zamoïska. Signée : *W. L., 1794*. Fin du XVIIIe siècle.

151 — GRANDE MINIATURE RECTANGULAIRE : Portrait de la comtesse Isabelle Mniszech, par *Hollier*. Époque Empire.

152 — DEUX MINIATURES : Portraits du comte et de la comtesse M... La première signée : *Agricola*. Dans un même cadre en bois noir.

ORFÈVRERIE

153 — Aiguière et bassin en argent, à décor de roseaux, petites cannelures, rocailles et coquilles. Poinçons de *Robin, sous-fermier des droits de marque. Année 1740-41.*

154 — Gobelet sur pieds boules, avec couvercle en argent, orné de petits godrons à la base. Augsbourg, XVIIIe siècle.

155 — Grand gobelet en argent repoussé sur pieds boules, décor d'amours et de fleurs. Allemagne, XVIIIe siècle.

156 — Chope avec couvercle en argent repoussé, à décor d'amours musiciens. Allemagne, XVIIIe siècle.

157 — Gobelet avec couvercle, sur pieds boules, en argent repoussé, à décor de coquilles et godrons. Travail allemand, XVIIIe siècle.

158 — Deux gobelets avec couvercles en argent gravé et doré. Travail d'Augsbourg, XVIIIe siècle.

159 — Gobelet sur pieds boules, avec couvercle, en argent, décor de petits godrons. Augsbourg, XVIIIe siècle.

160 — Grosse montre de voiture en argent ajouré, avec écrin en chagrin. XVIIIe siècle.

161 — DEUX CEINTURES VARIÉES en argent, d'ancien travail allemand.

162 — CALICE en argent, à médaillons et têtes de chérubins. Fin du XVIIIe siècle.

163 — DEUX GRANDES AIGUIÈRES en argent, du commencement du XIXe siècle.

164 — PORTE-HUILIER en argent, décoré de rocailles. Vieux Paris. Poinçons de *Berthe, sous-fermier des droits de marque, année 1750-51.*

165 — ÉCUELLE avec couvercle en argent. Epoque Empire.

166 — SAMOVAR en argent doré, en forme de vase à anses et sur trois pieds. Époque Empire.

167 — FLACON en cristal gravé, monture en argent doré, de genre Empire.

168 — ŒUF D'AUTRUCHE dans une monture en argent doré, de travail allemand.

169 — PLAT OVALE en argent repoussé, à sujet mythologique et grosses fleurs. Travail allemand.

170 — VINGT-QUATRE CUILLERS, vingt-quatre fourchettes et vingt-quatre couteaux en métal doré ; manches en porcelaine d'Allemagne, à décor de fleurs.

OBJETS DIVERS

171 — Buste, grandeur nature, en terre cuite : Portrait de Houdon, attribué à lui-même. Il est représenté la tête tournée vers l'épaule droite et porte un vêtement entr'ouvert, retenu par une draperie nouée. Piédouche en marbre.

Haut. du buste : 45 cent.

172 — Nécessaire de voyage, contenant une timbale, deux fourchettes, un couteau et deux cuillers pliantes en cuivre doré. Écrin en maroquin rouge. Époque Louis XV.

173 — Porte-montre en forme de croix en argent doré, avec applications de nacre et pierres de couleur. XVIIIe siècle.

174 — Modèle de meuble scriban en bois de placage. Travail hollandais.

175 — Coffret en cuir, garni de ferrures. XVIe siècle.

176 — Médaillon en terre cuite par Nini : Portrait du marquis de Paroy. *Année 1767.*

177 — Petit canon en bronze, sur affût de bois garni de métal. XVIIIe siècle.

178 — Petit canon en bronze, sur affût en bois peint vert, garni de métal. XVIIIe siècle.

179 — Deux silhouettes de fillettes debout, tenant l'une une perruche, l'autre un fruit. Bois peint. Travail hollandais du XVIIe siècle.

180-189 — Lot d'instruments de musique : luth, mandolines, guitare, viole, guitares forme lyres, théorbe, banduria, etc.

190 — Quatre cornemuses variées.

191 — Pochette de maître à danser, du XVIIIe siècle.

192 — Harpe en bois sculpté, doré et laqué, de *Naderman, à Paris*. XVIIIe siècle.

193 — Grande coupe, décorée, sur les deux faces, de rinceaux sur fond bleu. Ancien émail cloisonné de la Chine.

194 — Petit brule-parfum rectangulaire avec couvercle en ancien émail cloisonné de la Chine.

195 — Petit vase-balustre en jade de la Chine.

196 — Poignard japonais avec fourreau laqué noir ; monture, Kotzuka et Kogaï en bronze doré, avec applications de shakoudo, etc.

197 — GRANDE PAGODE en bois laqué rouge, contenant une divinité. Travail japonais.

198 — VASE en bronze du Japon, simulant une pagode ornée de dragons.

DENTELLES, ÉTOFFES

199 — BAS D'AUBE en ancienne guipure de Venise à fleurs.

Haut., 65 cent.; long., 2 m. 90 cent.

200 — GRAND COL en ancienne guipure plate de Venise à fleurs.

201 — ENTRE-DEUX en ancienne guipure de Venise à reliefs, décor de fleurs.

Long., 90 cent.

202 — QUATRE BANDES D'ENTRE-DEUX en ancienne guipure plate de Venise à rinceaux.

Long. totale : 1 m. 85 cent.

203 — CHASUBLE, ornée d'orfrois brodés à sujets saints, de travail italien du XVIe siècle.

204 — ÉTOLE en velours rouge. XVIe siècle.

205 — BANDEAU en velours vert, orné de galons de velours rouge et de deux écussons aux armes de Toscane.

PENDULES, BRONZES

206 — HORLOGE DE TABLE en forme de calvaire en bronze, argent et bois noir. Cadran tournant. XVIIe siècle.

207 — GRAND CARTEL en bronze doré, surmonté d'un vase décoré de guirlandes de laurier et de feuillages, ainsi que de moulures. Cadran signé : *Roque à Paris*. Époque Louis XVI.

208 — HORLOGE DE TABLE en bronze doré et argenté, à décor de mascarons et rocailles. Signée : *Jacob Stangnet*, *Dantzig*. Allemagne, XVIIIe siècle.

209 — PENDULE DE VOYAGE en bronze doré, de la fin du XVIIIe siècle.

210 — QUATRE CANDÉLABRES à trois lumières en bronze patiné et doré, formés chacun d'une statuette d'enfant nu portant le bouquet de lumières. Bases en marbre rouge griotte. Fin du XVIIIe siècle.

211 — DEUX FLAMBEAUX en bronze patiné et doré, à figures de femmes drapées. Commencement du XIXe siècle.

MEUBLES

212 — Fauteuil en bois sculpté, à coquilles et rocailles, du temps de la Régence. Couvert en velours rouge.

213 — Commode à trois rangs de tiroirs en bois de placage, garnitures de bronze à rocailles et têtes humaines. Dessus de marbre. Époque Louis XV.

214 — Fauteuil en bois sculpté à rocailles, du temps de Louis XV, couvert en velours rouge.

215 — Commode demi-lune en acajou, à trois tiroirs et portes latérales. Garnitures de bronze. Dessus de marbre. Époque Louis XVI.

216 — Pannetière en bois sculpté et tourné, du xviiie siècle.

217 — Six chaises à haut dossier en bois sculpté à rocailles et garnies de cuir gaufré. Travail portugais du xviiie siècle.

218 — Deux grands secrétaires à abattants, portes latérales et tiroirs, en acajou, garnis d'encadrements, de chutes à feuillages et de moulures, en bronze doré. Dessus de marbre gris.

219 — TABLE RAFRAICHISSOIR en acajou, contenant deux tiroirs et deux tablettes d'entre-jambes. Seaux et garnitures de bronze argenté.

www.ingramcontent.com/pod-product-compliance
Ingram Content Group UK Ltd.
Pitfield, Milton Keynes, MK11 3LW, UK
UKHW021954260726
13994UKWH00004B/1742

9 782329 435442